KB128022

존재에 관하여

존재에 관하여

장순혁

바른북스

| 목차 |

1. ㄱ~ㄴ

2. ㄴ~ㅁ

3. ㅁ~ㅇ

4. ㅇ~ㅈ

5. ㅈ~ㅌ

1.

ㄱ~ㄴ

결말에 관하여

행복한 결말은
동화 속에서나 있는 것,
그대도 알고 있겠지

행복이란 결국에는
누군가 지어낸 것이란 것을
그대 역시 모르지 않잖아

사랑이 삼켜버린 세상은
검게 칠해지는 법이라서,
사랑이란 어차피 눈물이야

사랑을 믿었던 치들의 잘못은
애초부터 사랑 자체가 죄라서,
사랑의 결말이란 그저 끝이라고

동화 속에서
살고 싶었던
어린 나의 마음은
현실에 치여 죽었어

행복 가운데에서
그저 죽고 싶었던
병신, 머저리 같던 나를
나의 현실이 때려죽였어

울고 싶지는 않지만
나는 울고 있네

죽고 싶지도 않았지마는
이미 나는 죽어있네

그 말을

갓이 씌워진 전등

갓 겉면에는
메마른 가지와
붉게 피어난 꽃봉오리

노란빛을 뿜어내는
전구의 일렁임이

깜빡, 깜빡
다시 까암빡

전등이 올려진
탁자 옆엔
지리한 잡지를 읽고 있는
바알간 얼굴의 처녀

전등 옆
검정 재떨이에는
아직 꺼지지 않은 채
연기를 토해내는
몇 개비의 담배

처녀의 입술 색과
같은 것이 묻은 담배 필터

사랑의 다른 이름은
사람과 사람 사이의
진회색 담벼락이라고 하였다

나는 그 말을
믿지 않는 척,
믿는다

아릿하면서도
안타까운 그 말을

그래서 그런 거야

우리는 모두 아픈 거야
그냥, 그런 거야
그래서, 그런 거야

누가 넘어져도
아랑곳하지 않고 넘어가고

누가 쓰러져도
신경도 쓰지 않고 걸어가고

누가 죽더라도
여지도 주지 않고 가는 거야

우리는 결국 아픈 거야
그냥, 그런 거야
그래서, 그런 거야

누가 슬퍼해도
슬픈 척하지 않고 사라지고

누가 아파해도
아픈 척하지 않고 무너지고

누가 죽는대도
무엇도 상관 않고 가는 거야

아픔은 결국 슬픔이라,
그것을 아는 우리라서
그런 거니까

슬픔도 결국 아픔이라,
그것을 아는 우리기에
그런 거니까

왜 이렇게 힘들까
괜찮은데, 나는 괜찮은데,
괜찮은데

왜 죽고만 싶을까
괜찮은데, 지금 괜찮은데,
괜찮은데

그러고 싶다

아!
하고 소리쳐도
메아리치지 않는 곳에서,
그런 곳에서 살고 싶다

응,
대답도 안 하고
필요하지도 않은 곳에서,
그런 곳에서 살고 싶다

질문이
궁극적으로 정답이 아닌 삶에서,
그런 삶에서 살고 싶다

결과가
원인으로 비롯되지 않은 삶에서,
그런 삶에서 살고 싶다

분란이라는 말이
소리 나는 대로 읽히지가 않는,
그런 생에서 버티고 싶다

다툼이라는 말이
누구에게 물어도 뜻을 모르는,
그런 생에서 견디고 싶다

떠나가고 싶다
떠나버리고 싶다

도망치고 싶다
그냥 쭉 울고 싶다

울고 또 울어도
돈이 들어오면
다른 거 아무것도 안 하고
울고만 싶다

죽고 또 죽어도
돈이 생긴다면
다른 거 아무것도 안 하고
죽고만 싶다

그러면 돼

모난 것들끼리
서로를 위로하며
우리는 특출난 것이라고 한다

죽은 것들끼리
서로를 안아주며
우리는 재빠른 것이라고 한다

불이 꺼지면
그림자는 속삭이고
그대를 마주한다

홀로 있으면
그대는 만들어지고
나는 괴로워한다

그대를 조각내어
다시 그대의 모양으로
쌓고, 또 쌓는다면
그것은 그대일까
그대라고 부를 수 있는 것일까

조각난 그대들을
두 팔을 크게 벌린 채로
안고, 또 안는다면
그것도 그대일까
그대라고 알면은 되는 것일까

숨기고 싶은 비밀은
대수롭지 않은 듯
떠벌려버리면 돼

한없이 미운 것들은
아무렇지 않은 듯
사랑해 버리면 돼

그러자

벗어나,
떠나가,
도망은 아니라
걸어가고 싶어

뛰어가,
날아가,
도망은 아니고
멀어지고 싶어

저기,
저기로 갈 거야

손가락으로만
가리킬 수 있는 데로

거기,
거기로 갈 거야

먼 생각으로만
추정할 수 있는 데로

저곳에 닿으면
눈물 없이도
살 수 있을 거야

그곳에 닿으면
슬픔 없이도
살 수 있을 거야

아프지 말자
울지도 말고
그러자

울지도 말자
웃지도 말고
그러자

부디

제발

그리해볼걸

그냥 말해볼걸

동화처럼
그대를 처음 본 순간
그대에게 반해버렸다고

그대와 함께하는 미래를
상상하고, 또 상상하다

그대가 없는 미래는
지워버리고 말았다고

그대의 곁을
영원히 지키고 싶었다고

*

그냥 사랑할걸

영화처럼
그대와 입 맞춘 순간
그대와 난 우리가 됐다고

그대와 어깨를 맞추고는
사랑하고, 또 사랑하다

해보다 밝게 서로를
짙게 껴안아버릴 것을

밤의 달처럼
은은하게 빛나버릴 것을

그저

답이 없는
질문에게는
불평의 대답이 따라도
그 질문의 주인인 이는
그리 크게 상관하지는 않을 겁니다

답이 있는
모험에게도
불평은 따라올 테니까,
그 모든 것을 아는 이는
그리 크게 신경 쓰지도 않을 겁니다

누구의 사진을 보며
누군가의 삶을 살아도
나라는 존재는
나를 벼랑 끝까지 밀어낼 테니
숨을 골라도
나쁘지는 않을 겁니다

미래의 모습을 보며
그저 그렇게만 산대도
나라는 존재는
누구라도 죽이고 살아갈 테니
잠시 쉬어도
소리치진 않을 겁니다

바다에 잠기는
나의 메아리

산속에 묻히는
내 파도 소리

사랑에게는 사랑을

이별에게는 이별을

나에게는 너를

너에게는 나를

꿈속에서 사는 이들에게,
아니, 꿈을 꾸는 이들에게

너에게
꿈이 있다면
절대 관철하지 마

너의 꿈은
너에게만 가치 있으니까
다른 이의 말도, 무엇도
너는 신경 쓰지 말아

그 가치가
남에게도 빛이 나도록
묵묵히 갈고닦아

누군가에게
넌 우상이자 롤모델이야

그러니
그러니까

너에게
꿈이 있다면
절대 주눅 들지 마

너의 꿈이
숨을 쉬고 내뱉을 때마다
다른 이의 말과 행동이
너를 북돋아 줄 테니

그 꿈들이
남이 봐도 가치 있도록
천천히 갈고닦아

그들에게는
너가 목표며 존재 이유야

너의 한숨과
너의 포기가
그들에게는
한없이 바라고 바란 삶이야

너의 그 생과
너의 존재가
그들에게는
끝없이 원하고 원한 삶이야

너도 알잖아

너 없이

너 없이도
나는 빛날 거라고
너가 말해주었잖아

너 없이도
나는 빛날 거라는
그 말을 믿었었나 봐

감히
내 주제도 모르고

감히
너를 떠나보내고

너가 없으면
나도 없는 것인데
너는 왜 그런 말을 한 건지

너가 없으면
나도 없는 것인데
나는 왜 그 말을 믿은 건지

감히
네 사랑을 잊은 채

감히
네 존재를 버린 채

춤을 추는 너의 옆에
내가 아닌 다른 이가 있는 게
너무 슬퍼서 나는 눈을 감았어

사랑하는 너의 곁에
내가 아닌 다른 이가 있는 게
너무 아파서 나는 눈물 흘렸어

2.

너가 아니었다면

너가 아닌
다른 사람이
내 곁에서
정을 줬으면
웃었을까

너가 아니라
다른 이였으면
나의 고민과
진한 슬픔들이
사라졌을까

말도 안 되는 사랑
말조차 못 될 사랑

이뤄질 수 없는 사랑
상상조차 못 할 사랑

너가 나를 보고
울면서 땅을 파서
나는 그 자리에 묻혔어

나는 그런 너에게
웃으며 말을 걸면서
땅이 너무 깊다고 말했지

너가 아니었다면
나는 울기는커녕
묻히지조차 않았을 거야

너가 아니었다면은
나는 웃어주긴커녕
내가 그를 묻어버렸을 거야

너에게

나비가 춤을 추네

아니,
실은 나비는
살기 위해
날갯짓을 할 뿐이야

그걸 보고
괜스레 내가
춤을 춘다고 여길 뿐이지

그때는
그 차이를 알았는데
이제는 모르겠어

단지 그것뿐이야

미안해

*

햇볕이 날 비추네

아니,
실은 햇볕은
존재해서,
그저 존재할 뿐이야

그걸 보고
괜스레 나는
날 비춘다고 여길 뿐이지

그때는
그 차이가 있었는데
이제는 없어졌네

단지 그것뿐이네

사랑해

너처럼, 너같이

세상 가장 낮은 곳에서
뛰어내려
하늘에 잠수하고 싶어

숨이 막혀도
구름을 들이마시면
그건 중요한 것이 아닐 테니까,
아니게 될 테니까

바람과 바람의 사이를
가로지르며
헤엄치고 싶어

사랑을 사랑에게
끝없이 주고만 싶어

너처럼 말이야

*

세상 가장 높은 곳에서
날아올라
바다를 항해하고 싶어

숨이 잠겨도
파도를 삼켜버리면
그건 중요한 것이 아닐 테니까,
결국 아닐 테니까

짠물과 짠물의 중간을
새겨 적으며
비행하고 싶어

사랑에게 사랑을
한없이 주고만 싶어

너같이 말이야

눈물이 슬픔에게

눈물이
슬픔에게
말을 걸어요

이제
나를
보내달라고

나의 무게가
그대를 짓누르는 게
힘이 든다고

어쩌면
그대보다도 더

당신 없이
잠드는
외로운 밤과

당신 없이
보냈던
괴로운 낮이

심장을 옭아매는
가시뿐인 장미가 되어

나는 정신없이
죽어가고 있다고

해가 지면
그대가 보여요,
당신도 보여요

그대와
당신과
내가

하나가 되어
아릿하게
두 눈 붉히게 하네요

눈을 맞추지도 말고

손목이
툭, 하고
힘없이 떨어진다

계절은 늘
주변을 맴돌면서도
자기소개를 하지 않는다

갈라진 꿈과
드리워진 그림자의 차이를
나는 알지 못한다

아니, 누구도
그 누구라도

모든 것에는
대가가 따르는 법이고

법을 떠나도
약속은 중히 여기는 그대이기에
오늘도 하루가 성립하는 것이겠지

계단을 내려가다가
비명을 듣고
잠시 멈칫하다가

마저 내려가다가
비명의 주인을 깨닫고 넘어져
계단을 구르며 내려가네

한없이 구르고 구르다
새까만 지하에 도달해
목이 꺾여 죽는다면

비통의 신음도,
그와 닮은 비명도 없이

매몰차게 삶을 떠나가리

당신은 죽고

당신은 죽고

다시 태어나면
당신이 아닌
당신의 사랑을 받는
그런 존재가 되기를

당신은 죽고

다시 생겨나면
당신이 아닌
당신의 온기를 아는
그런 무엇이 되기를

내가 당신의 곁에서,
당신의 곁이 아니더라도
어딘가에서,
당신을 바라볼 테니

당신은 오롯이 행복하길

나는 당신을 보면서,
당신만을 보진 않더라도
신경 쓰면서,
당신을 일깨울 테니

당신은 언제나 사랑받길

식어버린 것은
커피가 아니라
마음인 것 같다고

죽어버린 것은
당신이 아니라
나였던 것 같다고

되니까

사랑을 주세요
나도 드릴게요

그대가 준 사랑보다
더, 더 많이 드릴게요

그대가 놀랄 만큼
훨씬 더, 더 많이,
더 크게 드릴게요

그러니까
자그마한 사랑만 주세요
사랑이면 돼요

나는 그거면 돼요
사랑뿐이면,
그거 하나면 돼요

*

사랑을 주세요
나도 드릴게요

그대의 큰 사랑보다
더, 더 크게 드릴게요

그대가 아플 만큼
훨씬 더, 더 많이
더 크게 드릴게요

그러니까
작더라도 사랑만 주세요
사랑이면 돼요

나는 그거면 돼요
그거뿐이면,
그거면 난 되어요

떠나간 내가 보내는

다시 돌아오겠다는
흔한 약속 없이
떠나갔지

남겨질 널 알면서도
못 본 척을 하며
떠나갔지

이제는
웃음도, 슬픔도
내게는 없는 것이야

여기는
웃음도, 슬픔도
의미가 없는 곳이야

그러나 나는 웃네
한없이 즐겁게

동시에 나는 우네
한없이 슬프게

메마른 이곳보다
너 있는 그곳이
더 아름답다는 것을
나는 왜 이곳에 와서야 알았을까

떠나온 이곳보다
떠나간 그곳이
더 가치 있다는 것을
나는 왜 지금에 와서야 알았을까

만개한 꽃밭을 보며

나,
오늘도
하루를 살았어

내겐 재미없는 삶을
네겐 아름답던 삶을

나,
내일도
하루를 살려고

내겐 의미 없는 삶이지만
네겐 의미가 넘쳤던 삶을

너만이 들을 수 있던
사라짐의 소리를
너가 사라짐으로써
나도 들을 수 있게 됐어

너 대신 내가 이 세상에서
제일 외로운 사람이 되었다는 말이야

너만이 안을 수 있던
적막함의 무게도
너가 떠나감으로써
나도 느낄 수 있게 됐어

너 없는 지금, 오직 나만이
너를 기억하고 또, 떠올린다는 말이야

그래,
너도 알다시피
나의 모든 말들은
너를 그리워한다는 말이야

고작, 혼자.
무려, 홀로.

너를 그리워한다는 말이라고

무엇이든지, 무엇이라도

예술이라는 것은
혼자면 혼자인 대로
함께면 함께인 대로
해낼 수 있는 거야

오직 예술이니까
혼자면 혼자인 채로
함께면 함께인 채로
이룰 수 있는 거야

누군가 네게 손을 뻗을 때
그 손을 뿌리칠지
그 손을 잡을지는
너의 자유야

그의 손을 잡든, 무시하든
그 손의 의미들과
그 손의 위치함은
존재하니까

홀로 누리거나,
함께 누린대도
크게 다른 것은 없을 거야

혼자 지껄여도,
함께 말을 해도
대화라는 것은 맞으니까

그러니 부담 갖지 말고
너의 마음에 미래를 맡겨

너의 선택이 무엇이든
너가 선택한 게 옳으니까

무엇이라도
옳을 테니까

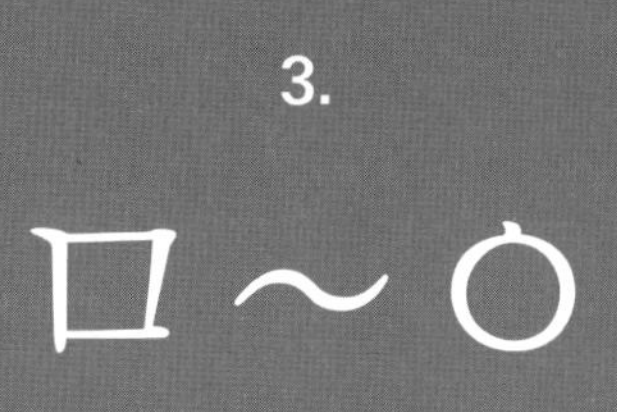
3.
ㅁ ~ ㅇ

묻다, 진실을

삶은 원래
이렇게 아픈 건가요

아니면 나만 괜스레
유난히 아파하는 건가요

당신들도
나와 같은 것인가요

아니면 나만 혼자서
이리 외로워하는 건가요

아프고
울고
견뎠다가
다시 아파하는
생의 궤적이
나는 너무 번잡한 것 같아요

외롭고
울며
버텼다가
또 외로워하는
생의 반복이
나는 너무 지루한 것 같아요

익숙해지지도,
견뎌지지도 않을 것을
나도 아는데

더 나아지지도,
버텨지지도 않을 것도
역시 아는데

나의 삶이라
이런 건가요

삶 속의 나라,
이런 걸까요

붉은 것들

설산의 용모는
설국에 국한되는 것이 아니며
그때의 초라함이
아직도 내게 남아있을 줄
그 누가 알았을까

사랑이었다
사랑이 아니었다

맞았다
아니었다

맞다
아니다

콧방귀를 뀌며
환하게 피어난 달 아래
그 달을 보면서

아, 참으로 붉다
너무 붉은빛이라
피가 흐른대도
저 달 아래에서는
비와 구별하지 못하리

우습게 봤던 시간은
흐르고 흘러
누구에겐들, 그 무엇에겐들
나이테를 날카롭게 새겨버리고

설산에서의 입김은
이곳에서의 담배 연기와 같다며

허리가 꺾인 장미를
한 송이, 한 송이 심었었던
설산을 떠올린다
설국을 떠올린다

울며 보채다가
아무렇지도 않게
시치미를 뗀다

비가 오는 날엔

비가 오는
그날엔
우산도 들지 말고
비를 맞아줘요

빗물에게
나 역시
부끄럽고 싶지도,
않지도 않아요

당신이 떠날 수 없으니
내가 떠날게요

당신은 떠나지 못하니
그냥 떠날게요

내가 멀어질 거니까요
당신은 있어요

내가 멀어질 테니까요
그렇게 있어요

먼 훗날
다시 비가 오는
그날엔
다시 우산도 없이
비를 맞아줘요

그러면,
그렇게 해주면,
그날에
다시 당신과 나는
만나는 거니까

사랑을

우리는
서로를 알기에,
서로가 서로를 알기에
서로에게 사랑을 주지 못한다

우리는
서로를 알아서,
서로가 서로를 알아서
서로와도 사랑을 하지 않는다

계획이 없기에
눈에 들어찬 증오심을
거두지도 못한다

미래를 몰라서
한가득 찬 아름다움을
깨닫지도 못한다

내가 너였으면
나를 사랑했을까

내가 너였다면
나를 이해했을까

아프더라도
아픔을
아파하지 않았을 거야

슬프더라도
슬픔을
슬퍼하지 않았을 거야

너에게 내가
사랑을 줄 수 있을까

나에게 너도
사랑을 줄 수 있을까

사랑해

오늘도 너가 보여

네 옆의 사람은
또 다른 사람이지만

너는 웃고 있네
너가 웃으면 된거지

그렇게 생각하다가도

오늘도 너가 보여
외로운 너가 보여

네 옆의 사람은
오늘도 바뀌고
너는 사랑, 그 대신에
안정감을 찾는 거야

넌 웃고 있어도
웃지 않는 거야
너만 웃으면 되는데,
너는 웃지 않는 거야

내 생각이 틀리다 해도
나는 이리 생각하는걸

사랑해

나는 널
사랑해

사랑한다고

그 사람보다
훨씬, 훨씬 더

손 내밀며

희망은 숨고
절망만이 손 내밀며
내게 오라 하는데

선택권 따위는 없는 나인지라
늙은 소나무가 건네는
솔방울을 주머니에 숨기고
걸음을 걷는다네

조금 쉬고
다시 떠나고 싶어

조금 누웠다,
다시 일어나고 싶어

과거는 죽고
미래만이 존재하며
얼른 오라 하는데

이미 죽은 과거를 아는 나라서
멎은 찬 바람이 말해준
세상의 비밀을 공책에 적고
걸음을 옮긴다네

조금 자고
다시 떠나고 싶어

조금 죽었다,
다시 살아나고 싶어

슬픔에게

눈물에게
보내는
시든 꽃
한 다발

너도
꿈을 꾸니

그 꿈에
내가 나오니

아릿하게
번지는
꽃잎의
빨간빛

너도
죽어가니

죽음에
후회를 하니

사랑조차
스러져
참혹하게
잠드는데

미래 역시
스러져
흔적 없이
떠나는데

눈물에게
너는

꽃잎에게
나는

너에게
나는

나에게
너는

아마 당신도

꽃이 피리라
지루하게
그러나 아름답게

달이 뜨리라
익숙하게
그러나 낯이 설게

꽃의 색을
검은 천으로 덮고
모르는 체하리라

달의 빛을
검은 커튼을 치고
나는 거부하리라

그렇게
평생을 외로워하다
검은 천을 펼치면은
꽃은 시든 지 오래이리

그렇게
매일을 괴로워하다
검은 커튼을 열면은
달은 저문 지 오래이리

왜 오늘은 내게
편지를 쓰지 않았나요

왜 오늘은 내게
전화를 하지 않았나요

당신과 나의 반지는
같은 것이 아니네요

당신과 나의 사랑도
같은 것이 아니네요

당신도 알고 있었나요

안부를 묻네요

슬픈 안부 인사

잘 지내시나요
아픈 곳은 없으신가요
저 없이도 잘 지내시나요

아픈 안부 인사

괜찮으신가요
슬프지는 않으신가요
저 없이도 괜찮으신가요

잘 지내신다면
참 다행이 아닐 수 없습니다
그렇지요

괜찮으시다면
참 다행이 아닐 수 없습니다
당연하죠

그대의 존재가
참 따듯했다고
일기에 적어봅니다

그대의 존재로
전 행복했다고
천천히 적어봅니다

그 모든 감정들이
지금의 후회로 남을 줄 알았다면
그대를 사랑하지 않았을 텐데

그대를 사랑해서,
그대를 결국 사랑해 버리고 말아
또 슬퍼해 버리고 마는 저네요

약에 취해서

변하지
모든 것들은

눈물이
미소가 되고

미소가
다시 눈물이 되듯이

바뀌지
모든 것들이

후회가
추억이 되고

추억이
다시 추억이 되듯이

언젠가,
언제인가가 되면
너는 다시 나를 찾게 될 거야
나에게 다시 오게 될 거야

언젠가,
언제를 기다리며
나는 매일 너를 기다릴 거야
나에게 다시 다가올 너를

누가, 언제, 어디서.
그런 말들 대신에

우리가, 그날, 여기.
이런 말을 적어줘

사랑이었잖아
우리

그래, 그랬잖아
우리

4.

ㅇ~ㅈ

어머니께

어머니.

아들 집이
그리 멀지 않습니다.
그러니,
언제든 오셔서
잠시 쉬었다가 가십시오.

어머니.

막내 삶이
어렵지는 않습니다.
그러니,
언제든 오셔서
잠시라도 쉬고 가십시오.

여행하는 누구에겐들
쉬울 여정이 어디 있겠느냐마는,
이제 저라는 버팀목이
어머니 곁에 있으니

어머니,
쉬었다가 가십시오.

떠나가는 누구에겐들
쉬운 작별이 어디 있겠느냐마는,
이젠 제가 자라났으니,
든든하게 자랐으니

어머니,
기댔다가 가십시오.

어머니의 아들로 태어난 것이
저에게 얼마나 큰 축복인지
어머니는 아실까요.

어머니의 막내로 자라 온 것이
저에게 얼마나 큰 기쁨인지
어머니도 아실 테죠.

엄마를 기다리네

[오늘 연장이라 늦어
탁자 위에 돈으로
뭐라도 시켜 먹어

사랑해]

졸린 눈 비비며
하품을 하며
거실로 나가면
나를 반겨주는 것은
엄마의 사랑 잔뜩 묻은
투박한 글씨체로 적힌
편지 하나

대수롭지 않게
탁자 위 돈을 챙기고
화장실로 가서
세수를 하고
머리를 감고

수건으로 물기를 닦고
거실 선풍기 앞에 앉아
괜히 아아, 하며 소리도 내보고

해가 질 때쯤에
집 밖으로 나가
슈퍼에 들러
대파와 양파, 감자를 사고

전자레인지에
냉장고 속 반찬들과
식어버린 밥솥 속 밥을 데우고

멀거니 홀로 탁자에 앉아
엄마를 기다리네
기다리네

나는 기다리네

연화(軟化)

밤은 깊고
어둠은 짙어서
괜찮은지 물어도
괜찮다는 말을 들을 수 없겠죠

우린 죽고
시간은 멈춰서
세찬 비가 내려도
우산을 챙길, 펼칠 수도 없겠죠

그들에게
꽃을 주기로 해요
아름다운 꽃다발을

아름다울수록
서글픈 것은
모두가 아니까

서로 다른
꿈을 꾸기로 해요
희미하게 연한 꿈을

희미할수록
연하단 것은
우리도 아니까

그들은 지금 무엇을,
무얼 하고 있을까요

아마 우리가 할 것과
같은 것을 하겠지요

저급하며
더럽고
역겨운 것을

화사하게
빛나는
새로운 것을

영원히 너에게 있을게

하늘이 하늘색인 이유는
내가 너의 색과 같은 이유일 거야

때로는 먹구름이 지다가
비가 내린다고 해도

또 때로는 해가 져버려서
까만 하늘이라고 해도

너의 색과 빛은
나의 색과 빛과 같을 거야
같은 것일 거야

너가 절망의 구렁텅이에서
홀로 신음한다고 느낄 때도,
그래서 절망할 때도

나는 여전히 너의 곁에서
너와 같은 아픔을 느낄 거야,
너와 같이 절망할 거야

너는 혼자라고 생각해도
너는 혼자가 아니야

너가 홀로라고 느낄 때도
너는 홀로 있지 않아

내가 있잖아
우리잖아
우리는 우리잖아

내가 있으니까
우리니까
우리는 우리니까

우주에서

하늘을 보았을 때
외로운 감정이
사무치게 든다면

그대가 슬프다는 뜻이니
그대, 나의 품에 안겨
슬픔을 해소하시오

거울을 보았을 때
괴로운 생각이
가슴을 잠식하면

그대가 외롭다는 의미니
그대, 나의 품에 안겨
고독을 내뱉으시오

모든 것이 외로움이며
모든 것이 슬픔이면서

모든 것이 괴로움이며
모든 것이 고독입니다

채워지지 못할 공허함은
늘 우리의 곁에 서서
우리를 주눅 들게 하고

견뎌내지 못할 고통들은
포기라는 이름으로
우리를 울게 할 테니까

한없이 웃고
행복합시다, 우리

언제나 웃고
기뻐합시다, 우리

시간은 짧고
인생은 기니까요

오늘은 짧고
내일은 오니까요

울음

나에게 너는
사랑이야
아니, 사랑이야

너는
몰라도,
너는 모른다 해도

나에게 너는
기쁨이야
아니, 기쁨이야

너는
모른 척,
너는 모른척해도

다시 웃어볼까
바보같이,
아니면 멍청이같이

아님 울어볼까
바보같이,
똑같이 멍청이같이

푸른 풀밭에
맨발로 발자국을 남기는
그는 너일까,
아니면 나일까

푸른 하늘에
날아올라 흔적을 새기는
그는 나일까,
아니면 너일까

너의 죽음은
나를 울리겠지만

나의 죽음이
너를 과연 울릴까

울지 마라

울지 마라
울지 마라

슬픔에게
지지 마라

울지 마라
울지 마라

슬픔에게
속지 마라

울고
울다가
울어버리면
슬프니까

울고
또 울고
울다 보면은
슬프니까

울지 마라
울지 마라

슬픔으로
젖지 마라

울지 마라
울지 마라

슬픔으로
죽지 마라

이기적인 나지만

다시 내게
너가 온다면
나는 울다가
울지 않은 척하며
웃어 보일 거야
너에게

다시 내게
사랑을 주면
나는 웃다가
웃지 않은 척하며
안아버릴 거야
너만을

마른세수를
연거푸 반복하다 보면
이 술잔에는
술 대신에
기쁨이 담겨있었을까

짙은 후회를
다시 또다시 하다 보면
나의 곁에는
그들 대신
너가 존재해주었을까

그 꽃다발을
전해주었어야 했어

삼킨 말들을
말해주었어야 했어

너를 잃은 나는
후회 속에서
너만 곱씹으며 살고 있어

나를 잊은 너는
기쁨 속에서
행복하게 살았으면은 해

입 맞출 테니

너의 모든 기억에
내가 입 맞출게

너의 상처도,
너의 후회도
내가 다 안을게

너의 모든 것들을
너가 떠올릴 때

너의 모든 것들이
후회가 아니게

너의 기억도,
너의 추억도
내가 다 가질게

너의 모든 과거를
내가 책임질게

그러니 그대는
맑게 웃기만 해
해맑게 말이야

그러니 그대는
나아가기만 해
떠나는 것 말야

작은 방 안에서

너가 그려진
페이지를 찢어
내 조그마한 방 안
지저분한 벽에
붙여놓았어

그렇게 모인
너의 모습들은
내 작은 방 안을
모조리 뒤덮어

너는
다양한 감정들과
다른 표정들로
매일같이 나를 지켜보네
지켜봐 주네

너는 매일
나를 깨워주며

너는 매일
나를 재워주고

너는 다시
나를 깨워버리며

너는 다시
나를 재워버리고

죽는 건 무서우나
사라져버리고 싶은 내게
너는 늘 위로를 건네며

사는 것도 무서우나
살고 싶은 내게
너는 늘 욕을 내뱉고

나는 너들을 보면서
오늘도 살았네

무사히, 아니 강제로
오늘도 살아버렸네

5.

ㅈ~ㅌ

적막하게

우뚝 솟은 소나무

그 주변에는
누렇게 뜬 잔디와
간밤에 내린 서리

초록빛의 소나무

그 주변에는
죽어버린 잔디와
겨울을 알리는 눈

겨울이 오고
겨울이 가면

봄이 오고
봄이 가면

그 모든 것들을
다시 반복하면

언젠가는
이 굴레에서
벗어날 수 있을까
그리할 수 있을까

언젠가는
봄도, 겨울도,
무엇도 없는 곳이
나를 맞이해줄까

푸르게 솟은 소나무

그 주변을 살피면
누렇게 죽은 잔디와
간밤에 내린 서리와 눈

겨울이 다가왔음을 알리며
겨울도 떠나갈 것임을 알리는

조심하렴

걸음을 조심하렴

잘못 걸어
세상으로 나가면
참매가 너를 물어갈 거야

바깥을 조심하렴

깜빡 속아
먼 곳으로 나가면
태풍이 너를 몰아칠 거야

바지 끝단을 접어 올리면
엄마의 긴 바지도
너는 입을 수 있을 거야

소매 끝단도 접어 올리면
아빠의 긴 셔츠도
너는 입을 수 있을 거야

그러니,
그러니까

걸음을 조심하렴

너무 걸어
다리가 부서지면
땅이 너를 삼켜버릴 거야

바깥을 조심하렴

그에 속아
날개가 돋아나면
하늘이 너를 데려갈 거야

존재에 관하여

웅성거림이
나에게는 독설과 같아

너도 알고 있잖아
아니, 모르지 않는다고 해야 할까

물어볼 게 있어
너가 알지는 모르겠지만

알지 못해도 상관없어

신경이 쓰이고,
말을 한번 걸어볼까, 하다가
머리를 저으며
마음마저 흔들고 말지

너, 너

너와 너의 것

너인 것과
너가 아닌 것과
너
다시, 너

사랑이란
같은 것이 아니야
같은 곳을 보는 것도,
같은 곳에 있는 것도 아니야

그저 존재하는 거야
그저, 그저 존재하는 거
존재하기만 하는 거
존재하기만 해도,
존재의 이유를
알리지 않아도 되는 거

죽음, 그 이상으로

눈물 대신
핏물을 흘린다면
당신은 과연 어떤,
어떠한 반응을 보일까

굽힘 없이
떳떳이 뻗댄다면
당신은 과연 어떤,
어떠한 체벌을 가할까

내가 묻힐 땅을
내가 파내고

내 묘비 하나를
내가 옮겨도

나는 죽지 않으리라
죽어도 죽지 않으리라

나는 썩지 않으리라
썩어도 썩지 않으리라

육신을 잃고
저 푸른 하늘로
훨훨 날아가리

육신을 잊고
저 높은 하늘로
훌훌 떠나가리

지고만 싶어서

그렇게 살고 싶지 않아,
그 말의 뜻은
어떻든 살고 싶지 않아

그렇게 되고 싶지 않아,
그 말의 뜻은
뭐라도 되고 싶지 않아

홀로인 곳에

전등을 켜지 않는다면
영원히 홀로일 곳이기에
나는 전등을 켜지 않는다

혼자인 곳에

무엇도 하지 않는다면
철저히 혼자일 곳이기에
나는 무엇도 하지 않는다

눈앞에
단어들이 흐른다

머릿속에
문장들이 맴돈다

마음에
감정들이 맺힌다

입 속에서
날 선 말이 휘돈다

밤을 새워도
달이 지지 않는다면
밤을 새운 것이 아닐 거야

눈을 붙여도
잠에 들지 않는다면
눈을 붙인 것이 아닐 거야

지다

내 눈에 비친
당신이 어때 보여?

내 속에 있는
당신과 같아 보여?

그렇게 보인다면
나는 기뻐할까?
아니면…

그렇지 않다면은
나는 슬퍼할까?
아니면…

당신은 어떻게 생각해?

당신도 나처럼 생각해?

소금과 설탕,
하얀 것들.
너무 하얘서
까맣게 보이는 것들

눈물과 빗물,
슬픈 것들.
너무 슬퍼서
기쁘게 느끼는 것들

당신은 지고
나는 피어날까?

당신이 져야
내가 피어날까?

진흙

끝을 알 수 없는
진흙탕 속에서
걸음을 옮긴다는 것이
어떤 의미를 지니는가

끝을 알 리 없을
진흙탕 속에서
여전히 살아있다는 게
무슨 의미를 가지는가

운명이란
어딘가에 적혀있대도
우리는 읽지 못할 테니
우리에게는
정해지지 않은 것과 같다

우리 끝이
결국 정해져 있다 해도
우리는 알지 못할 테니
우리에게는
존재하지 않는 것과 같다

보석과 돈,
각종 값진 장식품들은
모두 드릴 테니
내게 한마디라도 귀띔해주오

언젠가는,
언젠가는 끝이 난다고
나의 이들에게
끝을 두려워하지 말아 달라고

모두가 사라질 테니
사라짐을 쫓아내지 말아주오

모두가 스러질 테니
스러짐을 좇아가지도 말아줘

처음처럼

사랑이라는 말을
다시 되새겨주고 싶어서
나는 네게 온 거야

너는 내게
그 이유를 물어도
나는 답해주지 않을 거지만

너도 알고 있을 거야

너의 친구들 앞에서
너의 손을 잡고
너의 어깨에 손을 뻗어
너를 내 품에 안는 게

너에게는
그저 우정의 표시일지라도
내게는 사랑의 표현방식이니까

너가 모르지는 않을 거야
아마도, 아마도 말이야

이게 나인 걸 어떡해

너가 전화를 받지 않아도
나는 네게 전화를 할 거야

너가 편지를 받지 않아도
나는 네게 편지를 쓸 거야

너가 나를 사랑하지 않아도
나는 너를 사랑할 거야

늘 너를 처음 만났을 때처럼
언제나 너가 처음인 것처럼 말이야

천천히

내 영혼의 일부가
그대가 삶을 떠날 때
같이 떠났나 봐요

이렇게,
아무런 의욕도,
아무런 생각도 하지 못한 채
살아가고 있으니까요

내 감정의 일부가
그대를 땅에 묻을 때
같이 묻혔나 봐요

이렇게,
아무런 행동도,
아무런 것들도 하지 못한 채
썩어가고 있으니까요

그대의 존재가
내게 얼마나 커다란 의미였는지
그대가 사라진 지금,
지금에야 나는 알았네요

그대의 존재로
내가 간신히 숨을 가눴다는 것을
그대가 없는 지금에,
지금에야 깨달았다고요

죽어가고 있어요, 나는
천천히,
아주 천천히

따라가고 있어요, 그댈
천천히,
정말 천천히

토해내기 전까지

바람에 흔들리는
정교히 깎인 나무 목마를 타고
저 푸른 초원을 달리자

별들이 되어버린
나의 형제, 자매들을 대신하여
그들의 몫까지 달리자

해가 뜬대도
나와 같은 피를 가진
저들에게는 저묾이란 없다

그저, 그렇게
해 뒤에서 잠시 쉬며
속삭이듯이 꿈을 꿀 뿐이다

밤이 오면
다시,
또다시
목마를 타고 달려가자

형제들과
자매,
가족과
다 같이 함께 달려가자

이 세상
모든 것들이
영원히 나를 축복하리라

저 하늘
모든 별들이
나를 홀로 두지 않으리라

존재에 관하여

초판 1쇄 발행 2023. 7. 20.

지은이 장순혁
펴낸이 김병호
펴낸곳 주식회사 바른북스

편집진행 김재영
디자인 양헌경

등록 2019년 4월 3일 제2019-000040호
주소 서울시 성동구 연무장5길 9-16, 301호 (성수동2가, 블루스톤타워)
대표전화 070-7857-9719 | **경영지원** 02-3409-9719 | **팩스** 070-7610-9820

•바른북스는 여러분의 다양한 아이디어와 원고 투고를 설레는 마음으로 기다리고 있습니다.

이메일 barunbooks21@naver.com | **원고투고** barunbooks21@naver.com
홈페이지 www.barunbooks.com | **공식 블로그** blog.naver.com/barunbooks7
공식 포스트 post.naver.com/barunbooks7 | **페이스북** facebook.com/barunbooks7

ISBN 979-11-93127-62-9 03810

- 사 업 명 : 시집 《존재에 관하여》 제작
- 사업시행주체
  - 주최/주관 : 장순혁
  - 후원 : 제천문화재단, 제천시

※ 본 사업은 제천문화재단의 문화예술 창작 지원사업으로 추진되는 사업입니다.

주최/주관 **장순혁** 후원 **제천문화재단 제천시**